To Soraya Tamaddon, my editor-in-chief and the source of my daily joy

سلام! نام من ثریا است. من شیش سالم هست. من خیلی دوست دارم برم بیرون بازی کنم ولی تازگی خیلی سرد شده و نمی‌شه بیرون بازی کرد .

Hello! My name is Soraya. I am six years old. I love playing in the garden. But lately, it's been too cold to go outside.

دیروز همینطور که داشتم از پنجره اتاقم
برفها رو نگاه می‌کردم با خودم فکر کردم:
کاشکی الان تابستون بود، میرفتم بیرون به
طناب بازی .

Yesterday, I was looking out my
window watching the snow. "Why
couldn't it be summer again so I
could go out and play?" I thought to
myself.

دلم می‌خواست یک آفتاب داغی میشد.
میرفتم توی باغچه مامان بزرگ بازی .

I missed the feeling of being in
the sun and I dreamed of playing
in my grandmother's garden.

در همین حال دل تنگی بودم که مادرم اومد توی اتاقم وگفت: "ثریا جان چیه چرا ناراحتی؟" من برای مامان گفتم جریان دل تنگی را. "میدونم عزیزم من هم دلم برای آفتاب و بهار تنگ شده ولی نگران نباش .امشب شب یلدا هست و ما این شب رو جشن میگیریم همه امشب میان خانه ما مامان بزرگ بابابزرگ عموت خاله ها ."

"What is wrong, Soraya Jaan?" my Mom asked, and I told her why I felt so sad.
"I know, sweetheart. I miss the sun too. But don't you worry! We have a big Yalda celebration tonight! Everyone is coming! Your Grandparents, your Aunts, and your Uncles!"

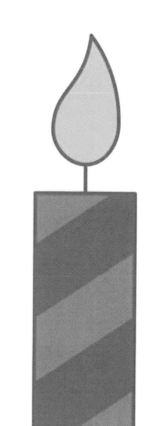

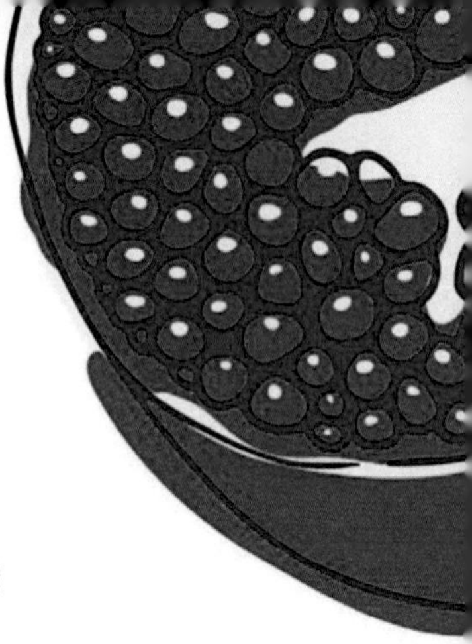

ولی من بی حوصله گفتم:"خوب که چی این
فقط یک پارتی هست ."
مادرم لبخند زد و گفت:" نه عزیزم جشن
یلدا فقط یک پارتی نیست در طولانی ترین و
تاریکترین شب سال, ما با دوستان و خیش
خود گرد هم میاییم و سنت های ایرانیان را
جشن میگیریم .
این عشق و دوستی زندگی.ما را در میان
سرمای زمستان گرم و رنگین میکنه ."

"So?" I said, still feeling
cranky. "It's just a party!"

"The Yalda celebration is not just
a party," my Mom said and laughed.
"On the longest and darkest night of
the year, we celebrate our
traditions and the love we have for
each other as a family. This love
warms us from the inside, just like
the summer sun."

"امشب با هم غذاهای خوش مزه میخوریم , شعر های زیبا را گوش میکنیم و داستانهای قدیمی را تعریف میکنیم.راستی شب یلدا انار و هندونه هم داریم که میدونم تو خیلی دوست داری ."
در همان لحظه صدای بوق ماشین را از بیرون شنیدم در حال دویدن به در گفتم: آخ جون فکر کنم مامان بزرگ بابا بزرگ رسیدند.

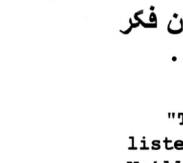

"Tonight we'll eat great food, listen to beautiful poems and music. We'll have melons and pomegranates, which I know you love." My Mom had barely finished her sentence when I heard a car honking outside our house.
"I think Grandpa and Grandma are here!" I said, running down the hall to open the door.

چندی بعد وقتی عموها و عمه ها و
دائی هم رسیدند مادرم شمع ها رو
روشن کرد و شیرینی آورد برای همه.

Soon, everyone arrived. My Mom
lit the candles and started
serving fruits, nuts, and sweets.

وقتی دیدم بابا بزرگ داره جوک میگه
دیدم این واقعا شب خوب و گرمیه .

Once my Grandpa began telling
jokes, everyone laughed, and I
began to feel warm inside.

این وسط ها دیدم مامان بزرگ شعر حافظ
میخونه. همچین چشمهاش برق میزد
وقتی میخوند که من حس خوبی پیدا کردم.

Later that night, my Grandma took
out her book of Hafez poetry. I
loved how her eyes became shiny
when she read the poems.

ولی از همه چیز بیشتر صدای ساز و
آواز بابا بود که منو خوشحال کرد. انقدر
قشنگ بود که بلند شدم به رقصیدن.

But my favorite part of the Yalda
celebration was my Dad playing
music and singing for us! It was
so beautiful it made me jump up
and dance!

مادرم به من درست گفته بود آخر شب
که رسید با خودم گفتم
چه شب خوب و گرمی بود
و من چقدر خوشحالم .

My Mom was right. At the end of
the night, I felt warm, happy,
and loved.

روز بعد تصمیم گرفتم برم بیرون
بازی کنم.
دیگه از سرما ناراحت نبودم و برف
چقدر قشنگ بود. تازه بلندترین و
تاریک ترین شب سال پشت سرمون
و بها در راه بود.

The next day I decided to play
outside. The cold didn't bother
me anymore. Besides, the longest
and darkest night of the year was
behind us, and spring was on its
way!

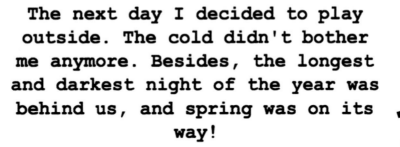

When Shaadi can't find her rooster, Joojoo, she goes around asking her neighbors, the local baker, and the shepherd boy if they have seen her rooster friend. What Shaadi hears from them surprises her. She has taken care of Joojoo since he was just a little chick, and she hasn't realized that he has grown into a big and strong bird. Set in the charming village of Abyaneh, this story is about the power of love and friendship. Written for children ages 3 to 7 and their parents.

Made in the USA
Middletown, DE
11 December 2024

66719388R00015